U0057408

AQUARIUS

AQUARIUS

AQUARIUS

AQUARIUS

每個人心中都有一座島嶼，

藉文字呼息而靜謐，

Island，我們心靈的岸。

崎雲

諸天的眼淚

動人推薦

羅智成（詩人，作家）

詩創作最迷人的困境與動力，是去探索、甚至越過語言的邊界。而以佛學或道教思想為基礎的冥想經驗，卻傾向把某種最深刻的體悟排除在文字表達之外。因此「以詩證道」像是一個僵局，除非你找到詩本身的率性、「反語言性」或「反慣性語言」的「禪性」。

所以崎雲一意孤行的詩作是勇敢而令人凝息關注的，你會在閱讀的瞬間迸出無數念頭來參與對話與辯證，並不時體驗到若即若離的思想的美麗與張力。

在此，我把《諸天的眼淚》視為對周夢蝶詩美學的勇敢延伸，更是一個年輕的創作者緊擁豐盛、優美的文字，以現代諧擬古老，以感性描繪知性，以具象扣問抽象，甚至是抽象之後無邊無際可能性的探險。

【推薦序一】有些痛苦如衣帛

崔舜華（詩人）

一段時間裡我勤勤地讀《心經》，那是我最接近佛義的時刻，但駑鈍如我僅僅是將經文當作漂亮的富詩意的散文來讀，讀見「依般若波羅蜜多故，心無罣礙；無罣礙故，無有恐怖，遠離顛倒夢想，究竟涅槃。」時不知所謂地激動得要掉眼淚。我想寫字的人大體上有太多太沉繁的顛倒夢想，太悲傷莫名的罣礙形狀。後來我甚至將這句經文的梵文刺在了左右手臂上，但迄今彷彿也沒有真擺除了什麼六根煩惱。

崎雲和我不同，他是真心將身體將他的文字整副地投入佛的語言裡，讀他的詩若沒有幾撮了悟的慧根，還真真覺得難以觸碰。崎雲很年輕，個子清瘦，愛穿花樣飽滿的合身襯衫——幸好他的外貌不似詩一般苦澀多稜，還留有許多水仙臨鏡的塵世氣息——但這與他詩中偌多偌繁的佛道雙修的詞彙系統並不違逆，若是仔細地貼身地去讀，可以看見崎雲的詩裡藏著許多與塵泥同打滾的訊息，像一襲夏日印花圖樣的貼身袈裟。

他尤其以濃筆寫種種苦：病老之苦，求之不得的苦，無愛之苦，清貧與勞動的生活之苦……值得深究的是詩裡面並不索求太多的離苦得樂，亦無諄諄誘導之意（若有的話也就太不崎雲了），他的詩之所以充滿了生的力道，而非悟的枯索，是他用力地於每句詩行之中當下證苦、即苦、整個地浸泡在苦裡，使苦中有愛，而愛正恰恰足以消解一切苦厄——

痛在肩上，等待某種感動
等待水火交響在谷壑間
回到杏色的九月
使意念蒸騰若雲行
三萬六千神，皆願意為我
各留一道緩慢而深長的呼吸
使病充滿愛
使自己充滿自己

——〈歸元〉

苦也有分等級，輕度的苦是日常裡細細瑣瑣的小苦痛，例如抽菸的時候與自己對視（但我記得崎雲是不抽菸的，不抽菸而寫菸的年輕詩人還有林餘佐），煙霧和虛無的對證，牽動此身不再得的感嘆。但這類感嘆其實是相當青春的，唯有少年才擁有如此直截的心思，去詰問、逼視每分每秒消逝的涓滴年華——

熄滅的火光都往哪裡去
虛空隨時都在取消自己
甫從指間飄散的煙
揣摩靈魂的扭曲模樣
可能有些苦啊我知道
來自尚未被誰看見

——〈燃指〉

但崎雲確實有病——不只是〈當我側身在病〉中所言的病弱體軀，他深藏而難視的靈魂亦患有難治之症。像崎雲這樣敏感而內省、多慮而寡慾之人，彷彿是在墮落與悟道之間拿不定主意的修行僧，不斷地以鐵器鈍物錘打自身的精神性的肌肉，將一切思慮曝露在俗世的瀑布下，現實因此能夠輕易傷他但也無法傷他，因為他先一步地認識清楚了：此世此生的痛苦是無盡無際無法擺除的，故不如投身奔躍之，將自己投入在苦浪悲濤之間，藉此得證屬於詩的一切智——

總有雠敵需要愛
總有天機應在數算之外
想離開，只是觸目所及
盡是痛苦的大海

——〈垂憐〉

苦是精神的滋味
無糖的盆地，活生生地
個性的稜角在剝落，龐然之心的刺痛
使疲憊的虛空常擠壓

——〈對峙〉

屬於詩的智是什麼？我想對崎雲來說，那不過就是愛——唯有愛能使他坦然於自己的不安和疲憊，但當一個人擁有了愛、嚐過了愛的甜味，那苦便顯得更加惘惘地威脅在身側。當整本詩集來到最後的第六輯「我身心俱疲啊你啊你呢你呢」，崎雲一反先前五輯中的善忍耐觀自在，以連續十九首短詩組成的長組詩裡，他反覆地絕望地甚至接近黏膩地呼喊著苦啊苦啊苦啊——濃密壓抑之後的呼號翻滾格外有種活生生的肉體撞擊的爽快痛感，這也使得輯六成為整本詩集中我自己私心最喜歡的部分——

似乎有什麼要裂了
皮膚與肺臟，我的眉心
被風與水灌得滿滿地
像緊繃的關係被他人拉扯在手裡
有些痛苦如衣帛
要裂，要裂，要裂了

有些痛苦如衣帛，而另一些痛苦又像什麼呢？這個問題問觀音問道士或許都不對，也許有機會可以問問詩人，可以擁抱可以廝磨可以被充滿的痛苦，或許也就逼近某一種愛了。

【推薦序二】密嚴的一片

鄒佑昇（詩人）

在印度西北方的摩訶拉什特拉邦，有座獻給濕婆的神廟；這面向西方的神廟以濕婆所居、位於世界中心的大雪山凱拉薩（Kailāsa）為名，呈現濕婆諸多源於南方教派、對於八世紀北印度心靈仍屬陌生的形象：遙望神廟時，如一飛翔馬車的大殿之頂處，是陷入沈思的瑜伽自在相（yogeśvara）；若進入黝黯如處山腹之內的大殿，天花板上則是那在毀滅的舞蹈中垂眼看向自身指趾最末梢之任一屈曲的舞王相（naṭarāja）。

若依循信徒參拜的路徑，繞過神廟大門以賢瓶為已灌頂，所以能普遍施福的吉祥天女裸身像後，參拜者將置身於一個上方以及東、西兩側皆被石壁封閉的空間，東面，亦即指向大殿與奧室（garbha-gṛha）的石壁上，是此神廟最精緻的浮雕：濕婆身披半透明輕綃，瓔珞飾頸，高高盤為峰形的紺青長髮戴著天冠；閉目，盤坐，一穩固的三角形，崔巍，瑜伽自在。八位持世天神從遠景遙遙趕來；祂們必須將濕婆從冥思的悅樂中喚醒，否則世界便將消隱為無差別的空虛。此像的對面則是濕婆的怖惡相——陪臚（Bhairava）：十臂，持刀與斧，以及一滿溢鮮血的缽，含勁不吐的身軀超出了浮雕的上下框架。一個熟悉教理的信徒將在這個空間中想起，自己正置身於同一實體的兩個面向之間；看見（darśana），並且因此受彼環伺、受彼封閉。

從大門至最深處供奉濕婆之莖（linga）的奧室，神廟的每一室、每一窗、每一偽裝為孤立的微縮城池的石柱、壁上華鬘與珠網、室外的一對石象與石幢，乃至環繞神廟的浮雕迴廊，皆源自對一巨大玄武岩的挖鑿：從上至下，從外推進內裡。這座高約三十公尺的建築可被視為一件由諸多雕刻構成的單一雕刻。根據研究，這挖鑿佔據了無數匠師三個世紀的生命。這龐大的雕刻至今卻仍在邊沿留下些許未盡之處；在此，作品與原料向彼此過渡。

在這仍然不足以使作品完整的三百年中，連接大殿與南側迴廊的石橋斷裂。裸露的空間促使匠師在大殿南側外壁鑿了一個小龕；這裡是一個形上學的暈眩，一個在一龐然結構裡再現結構整體的微小局部：「濕婆恩庇羅波那」（Rāvaṇa-anugraha）。根據神話，十首羅剎王羅波那偶然經過世界的中心時，忽然意欲惱亂居住於大雪山的諸神；於是他進入山腹，以他所有的手撐持大雪山，搖撼，驚動了濕婆的配偶雪山神女，使她中斷與濕婆的長久交合。濕婆於是從榻上起身，以足趾按地，如此便鎮壓了羅波那數個千年。在這些千年的每一刻裡，羅波那不懈地創作歌詠，讚美濕婆。他的勞務終於使濕婆歡喜，釋放羅波那，並贈與自身的一莖作為無敵的利劍。在凱拉薩神廟的這個龕室，羅波那如蜘蛛的多臂大都已經斷裂，但仍可清晰看見他以左側最下之手碰觸臀後的大地，施力，欲使蹲踞的身體上升；已經失去的手都曾緊緊抵著凱拉薩鐘形的內壁，某個瞬間曾經有暴力，曾經震動，卻隨即被壓制。他的十張面孔中，未風化的或者憤怒，或者歡悅，或者怖懼；如是，他將在山裡歌詠千年。凱拉薩之上唯有不可思議的靜謐：濕婆與其配偶共處床榻；雪山神女委身於濕婆的背脊，濕婆倚著床柱，雙脛交叉，左足觸地。

恩庇：**anugraha**，字面意思是隨彼蜿蜒地掌握；這個詞彙也出現在《金剛經》中，須菩提提出的第一個問題；鳩摩羅什將之翻譯為「護念」，但玄奘的譯本或許更精準地傳達了這個概念：「攝受」，某人已經給出自己的局部，對方也便就此成為此人可運動的肢節。

這龕室，以及這座它所指涉的神廟，揭示了一種三元關係：憤怒的歡悅的怖懼的意志、世界、世界的面容。也可以理解為：神話的言說、現象、現象的（非）人性。羅波那言說數個千年，使世界取得一個面容，俯身向他、掌握他；工匠挖鑿三個世紀，他們未盡的作品仍在某些邊沿向原料過渡。此間或許存在神話與現實間的差異。

如果有天，一個人一切有意為之的言說聚集，挾帶無意為之的話語與聲音，迴旋；如果這人由此看見他的言說，受彼環伺、受彼封閉：一具獸行的屍體、補怛洛迦、傾聽者。也可以理解為：詩、環繞一人的環境、詩。

一切超越性的異域、洞中世界、結晶天球的每一殼層，皆有賴於翻譯：異語言、鸞筆在沙上的書寫、宗教導師的口頭承諾。一切在譯文中所欲望領域的湧現，有賴於譯文對目標語言的壓迫：詞語被迫互相結合，被迫退行回到它們初生之時幾近於無的意義，被迫說出它們從未夢想說出的話。有賴於譯本對原初文本的揚棄與背叛：譯文中領域可拆卸的每一無機局部，將領域已經湧現的消息傳向語言整體；領域就此隱沒，卻潛藏於整個語言。

某個人坐著，眼簾半啟，同時看著他一生不能揚棄的內側與外側，存思：持存一個思維，受到一個思維持存，希望一個思維展示暴力，搖撼：

香灶如鐵樹焚過而有銀鱗
漸次展開，暖而又冷的一生
重現一個又一個下午

虛浮的冥想時光，火星
不斷逼近，帶來亮紅色的光環
捆仙索，風火輪，乾坤圈
或其實是尚未周延的思緒
驟降的精神

第三屆周夢蝶詩獎評審評語

陳義芝（詩人，臺師大國文所兼任教授）

「這部由七十五首對應聖境而展布人心困境的詩集，究竟有何表現、如何表現？從下面這首小詩，或可略知：

『看見自己坐在火爐中／成為火爐，爐上銅鍋／吞吐著泡沫，有人形與諸鬼亂舞／也許這就是我的一生／我是守爐的靈童／看顧著世間轉瞬即破的大夢』。

詩人崎雲探察人間火宅，鑽研緣影、生滅、業障等現象，為解生命困惑而化身守爐靈童，冥思掙扎、上下求索，抉發前一本詩集《無相》有心試探而未及深刻的佛學義理。題名「諸天的眼淚」，諸天是護法神，流淚因不忍有情眾生受苦。

就詩論詩，其可貴的表現在悲心通達，意象豐繁，隨手拈來皆能塑造富含啟發的象徵情境；思維靈動則如穿行於山徑的風，藉流轉的韻致引領讀者尋幽，獲悉整座大山的奧義。詩人若無思想不能求其深刻，若無才情不能求其創新，《諸天的眼淚》兼備二者，堪稱是一部向周夢蝶致敬的詩集。」

目錄

輯三：失火的宅第

目錄

輯五：當我危坐於此多時

輯六：我身心俱疲啊你啊你呢你呢

「如化人起煩惱，如夢所見已寤，如滅度者受身，如無烟之火，菩薩觀眾生為若此。」——《維摩詰所說經．觀眾生品》

輯一：茫茫草野等身高的千葉盡裂

如是

香灶如鐵樹焚過而有銀鱗
漸次展開，暖而又冷的一生
重現一個又一個下午
虛浮的冥想時光，火星
不斷逼近，帶來亮紅色的光環
捆仙索，風火輪，乾坤圈
或其實是尚未周延的思緒
驟降的精神，引來輕微陣痛
使遲遲未肯踏出兩鬢一步之倦意
金剛之瞪視，護法與

神將相併之指尖，遙遙指向之處
開出庭中的第一朵春花。如是
思及身後之途，草逐風長
有路因此而開，煩惱
若菟絲與女蘿，引來羞怯的鹿
隨日光挪移而自石壁中竄出，越過時間
逡巡命運之索引，只待我來
鐵樹花開，看香靜、火淨，萬緣
留住即將消散的霧氣，於蒲團之上
在草色茫茫的山徑中
選佛場，鹿野苑，在風與光影的
安住之處，追繡絨翻飛

解答

我在這裡，俐落的
紋理，使我更像一個人
平常的時候，不動
凝止寒冷的思維
由內而外潤濕於膚表
使冷靜而似真理的神色
不見一點緊張，即使
有泉水沿頂上的巖石
帶來陰暗的念想
與聲音，我的衣袍

依然是古典而寬鬆的
保持無風且自飄揚的姿態
背對石窟，面向心中
更大的山壁。多少年了
我仍不輕易抬頭看你
你的欲悟未悟，你的消沉
痛苦，也曾是我的
跏趺，我的九分閉眼與一分凝思
皆是為了更合適的人
所刻鑿上去的微笑
沒有暗示
亦無具有禪意的解答

回音

你在這裡，神情
平穩而安靜，這是我
最後一次來看你了
穿越幽暗且潮濕的隧道
手秉燭光，帶來飄搖的
身影於石地灑掃
空氣中的塵灰，一再
停留於落在你、我的肩上，如寶幔
而水聲竟亦長出了枝蔓
也僅有枝蔓，似春花

散盡而徒留一絲
疑惑、貪愛，與年輕的
不確定性，保留一切
去向與來意。像你
持捧於雙手之中
堅實的缽，缽中濁水
如我駐足於此多時的凝視
與思索。遲滯的
腳步聲，且一再提出疑問：
為何你總是不言
不語，卻能激起這洞窟
最響的一處回音

禪機

一切聲響，皆是障礙
你到我到你的距離
吸引蚊蚋與飛蛾來此
圓證一生的火光
所燃皆是緣，蠟汁
亦不過是眾緣的累積
只為看清自己，十分神思與九分闔眼
所照見的一輪花繡
在前懸懸，久久而未落
或久久已落的不可知與不必知

臆測世間的種種照見
障礙的聲響，皆是塵灰之屬
若初雪受我燃盡
引起多疑的風聲穿越漫長的隧道
前來撫動，你，這裡
與你的衣袍
所庇護之對象，參證其中
盈盈復盈盈的水紋畢竟是露
非花，非悲心飽滿
累世未證的禪機

安心

常年幽暗的洞穴裡
偶然被察知而止步於洞口
日光與月光的灑照處
有熱與清涼的攻防
引起思索，一如時間
亦曾仗劍深入至洞穴底處
擊鑿伏藏的真相，等待
某人前來且接納某人
僕僕地坐進來，不動
聲色地，拉長成久遠劫前

一處山壁，壁前有嶙峋的羅漢
顯影契道之初的神情
微笑於剎那間綻開，頷首
滴下的香水遍大海，一往無際
一往於欲悟未悟之彼岸的初初起行
持守一箇光明的答案
八方滿是風聲，或親像自己的苦難人
心脈的頻率，慢下來
臆想是一葉昆蟲之薄翅
墜入缽中，轉，再轉
一樹枯葉之前生是如何盈脆
鮮綠，為虛空傳遞消息
又甘願地回到了這裡

燃指

熄滅的火光都往哪裡去
虛空隨時都在取消自己
甫從指間飄散的煙
揣摩靈魂的扭曲模樣
可能有些苦啊我知道
來自尚未被誰看見
所知覺到的冷，在語言
失能的夜裡，情緒有其
無可描述的刮痕
引你將指豎在唇間

佇立在晾滿衣物的陽台邊，風
一陣一陣雨一陣一陣
直到腳邊的陰影漸深
浮出長長的海峽，海峽底處
有尊者莊嚴之繪像，若受潮的火柴
有漬，在黑暗中站了許久
大地震動，直到鼻心
有念似焦灼的顏色在呼吸
眼前的火光就要熄滅了
牆角的灰燼與煙霧
正揣摩你的樣子
長出新的手指

如色

鎏金色的皮膚
彷若眾生
思緒之初的一點單純
解開雷音震震的胸骨
聽大日高立於巖頂
眾蕨側身
偕自昨夜不斷窸窣
也許是神也許是更玄微之物
演繹不可說破之須臾
擾動爐中的空氣

流通人們的愛
業障紛呈來
臍前結印的枯指，戒律
說我多次來而復去之背影
有情，心念遂成瓦缽
說露水盈盈滿，苦果在其中
倘若有心，留意再來時
眼前會有明亮的月色

破獄

水蕫輕觸泉尖
繼起音聲的漣漪
想起毅然木斷的聲響
落雨、凝露，推窗的吱呀聲
人世間總有部分
是無法承擔的全體
若窗檯上殘存的蚊屍、蛾翅
仍固執地橫躺在昨夜
近乎完好的電光裡
看落雨如穗，土崩瓦解

傾斜的傷口在絨起的複眼上
割出濃霧，抵抗光閃
與幻夢的折射，盡其形壽
穿越茫茫草野等身高的千葉盡裂
聆聽遠處有洋流般的弦音
呼吸之中的大寂靜
掩去窗前一面風旗
獵獵走過一名枯瘦的行者
留下的淺淺的微笑
在昏黃欲暗的意識中

殘響

倘若我在一烏黯的室內獨自排演
光挪移處之輕塵有時是桌前的燈色有時是夕陽
齊來見證繁星的漂浮或正緩慢地墜落
受光所照而得色，虛空亦是活的
在呼息，使我盤坐時有湧升的氣流
自蒲團擦過衣褲，引遠處的蘆葦受風
於山徑上開闔夾道迎接深層的靜謐
真言誦畢之末字尾音尚未消逝前
將宇宙放大在整潔的牆壁
累世的爆炸所留下的灰燼與殘餘

是我的心理，推陳諸多若毛孔的坑洞
浮掠在眼，有新生與敗壞的念
任一室的震動自鼻腔開始演繹，四周
則有緩慢移動的陰影被雙眼攝下
落在肩上成永恆的戒尺擊肉身
提醒恆河沙數的分心常該歸於一處
一處若餘響漸無，無不聽入耳而眾聲
仍在廢棄的劇場排演一場無人的夢

亂針

自虛無擷取形象
音聲疊音聲自鼻腔到額前
鑿開靈明的通道，四周
是螺紋、木輪、水上漩渦
吐出的待解之句，浮沫是風聲
難言的秘密。我抿唇
闔眼，不輕易顯影在人前
說愛，有時是隱忍
有時是不可解之真言
靜默地擦過耳際

阿賴耶中，一面星圖
曾疾疾展開覆又隨即捲了起來
如遺漏在棉襖裡的一支針
持續接收世界的雜訊
而漸鏽，模糊針孔之後的景
誰在彼端如流螢散火
將掌拍來，安心處
抿唇也有苦澀的模樣
而終其一生不可說
只是等待
睜眼即可見，化針刺為蕨葉
無懼於被刺傷的人

餞別

當我看見巨獸，你是
第四個夢見我死掉的人，艸原之西
掛著相片的帳篷被搭起
許多人待在裡面，諸神車輦
不挪動，說話，不說令人躁動的話
只是緩慢地坐，日月般挪移
背向神靈的歸所，冷眼地問
幸福是什麼，是鑼鼓，抑或者是不
將人們帶來這裡。如倒立的蝙蝠
帶來洞穴，流浪犬走過窗櫺

帶來大雨彈奏預言，雷聲冷靜
看著第二個聽聞死訊而趕來
烏鴉一般的人，情緒站穩危懸之一線
眼下有小書，書中有字如貓步
點綴今日的穿著。烏鴉說：請
貓眨眼，是第一個與第三個
放下眼淚的方法。當群鳥振翅
快樂的影子紛散去，永恆的
十三月啊，巨獸的翅膀正開張
是鯤鵬，抑或者是蜻蜓垂死
在燈盞下爬行，音樂聲起，巨獸
攜我走過桌上的酒盅倒一地
我只是望了一眼，回首立門前
童年時種下的那棵槐樹
便替我受到了雷擊

「當此之時，喜慶難言，法事粗悉，諸天復位，倏欻之間，寂無遺響。」——《太上洞玄靈寶元始無量度人上品妙經》

輯二・光照一心十五年

丹心

「大明育精，內練丹心，光暉合映，神真來尋。」——《金仙內法》

上弦月色中仰頭
四散的鳥羽如衰老星雲
落下無盡塵屑
於神息吐納間徐徐放光
任刺與痛通過咽喉
說不出口的話
占據著時間的節點
想誰能來此尋我

一金烏獨立於心上
兀自啄食著爆裂的無花果
感到有些酸楚、貪婪
光照一心十五年
有人凝視虛空，想我
靈魂燃燒的樣子
喚來靈輿奔行的呼嘯聲
有人來迎，有一虛實難辨
且應是友善的接引之手
攬轡執鞭，旋又離去
徒留無盡的鞭痕
流出天河之水
只因他們說我還不懂愛
不夠溫暖
不是一顆圓滿的太陽

歸元

「常存念之，勿令離身，有病三呼，即降其真。」——《太上老君玄妙枕中內德神咒經》

日曖有冷而使我的意識
似暴雨將河滿
有雨在空中
反覆探詢與思索
游牧的聲響、光線
臨界的孤獨
揣想胸中有對應之物
引赤色的雷鳴傳來不斷

留下粗啞的嗓音，枯木與謊言
指向綠洲虛浮的蜃影，理想
終將散為滿天埃燼
痛在肩上，等待某種感動
等待水火交響在谷壑間
回到杏色的九月
使意念蒸騰若雲行
三萬六千神，皆願意為我
各留一道緩慢而深長的呼吸
使病充滿愛
使自己充滿自己

藏氣

「君子藏正氣者，可以遠鬼神、伏奸佞。」——李青雲老人《長生不老秘訣·心性章》

閃電聚在陰影的底部
漫碧清之水
掩劫灰在含苞的傘尖
凝聚沉澱的意念
偶起波紋隨風
擾動四散的花蕊
如煙塵演繹子時的弦音
滿地泥濘，有光有影

有黃庭處有悲傷，當我念及你時，琴聲
便執著地停留在彼。舌
抵上顎，耳邊有童子戲水、搭橋
激起疼痛的水花藏撲騰之魚
自遠方的河車來應聲
明白諸多孔竅皆有神
觸目皆是雨，心室有光暈
千萬水氣
你便藏在雷雲之中

三現

「心者，液之源，源不流，則流不長矣。」——玉樞真人《仙術秘庫・太極立則仙術》

起因於陰影的堆疊
徘徊於窗外不去
地獄門前的尾閭關
自忘川渙漫而上，下尸
乘流，夜雨如白日
赫赫之瀝青犁地
掩蓋意識的造作，時空
俱不存在，蜃夢與焚灼

曾帶來多次的清醒復昏厥
不間斷的哨音是邪曲之心股脹氣感
是身黑曜，記憶若巖裡虹光
或將一日發黃芽於未來不久
成為永生之樹
活在盈手的盆栽中
或遲如雷電，將閃，再閃，將風大口吹
音聲藏於雲腹
浮盪碎塵於空中還原星隕
幽微的意念，多年後
只為煉一劫瘴癘
只為回到久遠劫前去見你
而陽光三現

虛心

「心不逐物去，不染不著，心定意不散，神不昧，便是歸根。」——《晉真人語錄》

緩步勻細的夢境，月亮之影
仍駐足在貧瘠的胸廓未離去，理想
自中年開始轉圜，心中有愛
且無懼於蠅蚋停留角尖，時光
在鞋緣留下新生的水位
有時是泥輪，使我們陷進去
秧苗盈脆而有聲，將水搧出摺皺
回應蟲鳴的招呼，等待

白鷺橫空過，擾動堅實的氣感自田埂邊緣
驚醒沉睡的草蜢與幼蛙，虛其心
自雲隙透出一絲線般的意念
緣蓋頂日光，赦下生機
顯影出薄淡的魂魄尾隨在我身後
如短針受制於鐘錶的圓心
規律的樂器，此生的節拍漸行是漸短
引來鷹鷸仨倆在牛背上的林間
飽含情意地看了我許久許久
若祖祖輩輩的信差固定在暮春到來
商榷我的意志，平原正午
雲翳在太陽之上，可見
與不可見間，大氣的懷抱
搖動滿地的音符隨風擺

相聚

「惑亂法身，思存不正，符水不應，呪訣不靈，皆人魔之所試也。」

——《靈寶無量度人上經大法》

總是相信孤獨的
他也在那裡，虛危之處
路邊的積水澄澈近水銀
將破未破的浮沫
彷若星象演法的壇場
以為此生罪孽
終隨身後的跫音漸瓦解

不與我正面遭遇
誰也不會恣意地逾越
疹蔓在臂，一條河般隔開彼此
待雷電在雲隙冷
驚覺意識在潛，湧浮沫
藏心聲：見一自卑、易感，略有曲折的
善哉童子，即將步入中年
成為哀默的贗品，誰
是誰不顧一切仍依約前來
破窗，擊門
挾帶快要蒸發的雨聲
與我的陰影相聚

陰符

「生死之機，知者可究合天地之機，操運長生之體。」——《陰符經三皇玉訣》

爻數中揣測
黯影隱沒堤防之必然
滾來枯葉的笑聲彷若累劫
飛擲的石子對虛空說話
話語推動著時間
碎在光潔的靜物上
留下劫餘之灰
紀念誰曾經傷得太重

逐潮聲而去
留下透明塑袋
身分證、輕薄的白紙，對不起
與一朵窒息的花
捕捉是夜紅白相雜的
月光的溫度。張手
若夾，虛空中徒有呼息
如防風林外的樹根留下乾燥的囈語
泥中，斷開的脈絡裡
洞與洞之間
有一些沉默自肉身
遁入懨懨的洋系
凝化水中的星，有痛楚
有一些難堪
但早已和人們無關

傷心

「心源澄則真靈守其位，氣海靜則邪物去其身。」——《太上保真養生論》

陰影浮出臉
沉入半個在夜深
穿越銳利的三角鐵
墜落地毯的毛面
咚在無聞問間響動
帶來拗口的咒語
引身體響動，空腹，空胃，空的宇宙在時光的腸鳴裡
石子般響動，透明魚缸中

碎掉的空氣如玻璃外
受潮的魚飼，上下搖晃而
響動，一魚漸浮出，帶來滿身漣漪
輪狀的傷口，在水面響動
使水神的耳朵只是聽
耳朵的放送，喇叭，山坡的陰暗面
與室內的陰鬱
相結合，聽魚嘴開闔的頻率
將燈打開復關掉，再打開
熟悉某種節奏、真理，只是聽
而不想想不想說
聽得太多，怨怒太脹而氣飽
才會有持續地傷心

垂憐

「奇器者，陰陽之，故能生萬物；亦猶人心，能造萬事；象矣。」——《陰符天機經》

鏽釘固著壁上
甲狀微長的指尖甫遠離
桌面的鑿擊
響聲規律，閉眼
引我掛心唱碟的磨損、陰影
生活與命運
於碎玻璃之反光，布簾後
曖曖不明的本體

是否亦有乾淨的留白
且絕念，絕地
專注如一尾叢中之蛇
吐信逐尾，繞著身前的銅爐
遺我時間的神性
在空寂中草綠，在綠中
哭自己的冷
招來飄搖的日頭
輪替靜止的河脈，想一生
蒼田無量，哀忿無邊
總有讎敵需要愛
總有天機應在數算之外
想離開，只是觸目所及
盡是痛苦的大海

上邪

多次走向河
看腕上的黑曜綻虹光
直照所有的病穴
隨風襲樹影，放下呼吸
感到有一絲熱情
在冷，在荒山白鷺
迷茫於河邊半傾的水車
前緣、後續，明瞭彼此所在的
愛與不及
皆是不值得信任的生機

若此刻你穿越茫茫的蘆葦叢
輕聲喚我，我仍會答應
直至心識渺小
而神明，天尊流淚
會晤無言
廟宇半崩毀

遺神

死亡藏在近處
偽裝無害的睡眠
老舊的體溫計自桌沿滾下
金屬色的汞珠放任自己
遍地是雨，散在凝止的銀河上
裝死滅的星。前額所頂
是鐵皮加蓋的房屋
閣樓，有一些木頭初具人形
有一些人形是精巧的木匠
在多次被忽略的時間裡

藏一些秘密，七寶、五穀，舊的脈絡
讓蜘蛛多年去累積
碎葉之下，黃昏的鬆鬚
聽嗡嗡聲在背部的臟孔漸強
又弱，心一跳，想我
這次離開你
在我們精心繪製的僻靜之城裡
不願垂首安住的
只剩歷練失敗的神明

「若有眾生，多於淫慾，常念恭敬觀世音菩薩，便得離欲。若多瞋恚，常念恭敬觀世音菩薩，便得離瞋。若多愚癡，常念恭敬觀世音菩薩，便得離癡。」——《妙法蓮華經・觀世音菩薩普門品》

輯三・失火的宅第

á1

Potalaka，我馱負的聖地
什麼時候能夠再看你一眼
不用回首，便能指認出自己
腦瓣如蓮開的痛楚之所在
欲念之所在、恐怖驚懼
之所在，人們滿懷歉意
相繼朝往，離去之所在
徒留灰色的意念繚繞天氣
Potalaka，什麼時候
你也能靜下心來，屏除

多餘的喧囂、疑慮
與香火，為我理出
淨土的頭緒，穿越潮音與
梵音之洞，抵達海螺的深處
且靜坐在彼，聽我一次咆哮
以十方震動，應和我
歷劫歸來的愛與憤怒，我的指爪
與焰火般森然湧動的海潮

1 本詩十二小節之詩題，分別為以 Wylie 轉寫的六道金剛咒（阿啊夏沙嘛哈）以及 IAST 轉寫六字大明咒（嗡嘛呢叭咪吽）。

a

Potalaka，我時常想起
幾萬年前的龍女
天花般下墜的鼓聲
未有一絲來得及沾著我衣
便已杳然不見，無一香
即時可聞，千年的思念與心意
已距我如此之遙
且遠，想我於須彌山下
凝望頂峰久久，久久久久
始結一次果的七彩琉璃樹

樹上滿是纍纍的果實
卻沒有一顆是原因
沒有一顆緣由
來自於我，沒有我的前世與後世
沒有龍女，沒有善財
沒有與我爭鬥多時的大鵬金翅
前來助長我的威勢
Potalaka，一切造化
終究非因，果，非果，所有的
皆已開始腐化
即使我們再飢、再渴
也無法再從念想中
重現故人溫柔的身影

sha

你有答案嗎，靜此刻
Potalaka，在日與夜
與八方四季皆顛倒的此刻
在信徒的貪婪與妄想
先一步戰爭與飢荒
來到這裡的此刻
只剩下我和你
看守這座失火的宅第了。Potalaka
這艘故人留給世人的舟筏
已經將要駛不到彼岸

但需要接引的人卻有這麼多
這麼多啊，這使我感到哀傷
哀傷著人們不知道
湧泉處亦常是漏水處
Potalaka，這麼多年了
人們結隊上山
尋找大藥，但空手來的
與空手走的
還是一般地多唉

sa

留下滿地的香灰
雜念，Potalaka，對我們來說
這難道也是一種救贖
而在救贖之中亦要承受
世人的雜念，愛恨之化顯
所招來的天罰嗎，罰我是頑獸
而你是欽定的道場。罰我們
都曾一度退轉
淑世的信心。Potalaka
哪裡是我的家鄉？

我許久沒回家了，我有家嗎？你呢？你的
家是否也有璀璨的星群盤掛天際
如故人肩上的瓔珞，是否
有小小的牧童與天女圍繞著你
跳好看的舞。無意間想起我
震撼三界的瞋恨與憤怒，是否
會有人為你繪製廣大的星圖
當你罣念，而我也罣念你時
指出我的位址。Potalaka，請回應我
如果有朝一日你能夠回家
你會想起我堅實的背脊
曾是如何辛苦地荷擔過你
與你，只弱我一些些的頑執嗎？

ma

Potalaka，我的背脊與雙腿
已布滿黏膩的青苔
水草與藤壺，珊瑚色的
瘦啊，而乃至是痛
曾多次是撼世的震央
最寂靜的心音，那是我
懷想起故人與龍女時
所擁有的幸福啊。只是如今，Potalaka
你的齒石鬆動，眼木濕滑
要小心，小心你的聽見也是我的

聽見，你的碎裂
也將會對我造成極大的崩毀，Potalaka
你還記得我們曾經許下的大願嗎
那個回到平等、自由，所謂慈悲
沒有天雷環伺的地方
的大願：有童女與童子
有龍女陪我們終其一生的寒暄
拈下含苞的金花
法葉，遞給下一個你
或我；下一座 Potalaka，堅穩，不動、不搖
不行亦不止的救世之舟
在蓮花洋上，在人間災獄中

ha

又一個一千五百年過去了
即將成道的那一個我
與我的子孫
又死在九十九重的雷劫之下
碎散為肉沫，化為土
成為下一座 Potalaka 的一部分
Potalaka，我該如何是好
我的子子孫孫是如此不容於天
他們的悟性極大
惡念極小，他們只是頑皮了些

Potalaka，你能理解
你的身體也有我遠古之祖
所留下的愛慾與眷念嗎
你身上的紫竹林、潮音洞
法華峰上的石穴
皆曾是我祖之眼、之耳，之苦厄與
度不過的危難。Potalaka
每當我回首看你
便也連帶著憶念著我祖一次；荷擔你一分
便也連帶著荷擔我祖
傳承之法脈一分。Potalaka
什麼時候，我能夠全然地
卸下你，與我祖對坐
聆聽其體內無盡的伏藏，無盡罪愆
與善念共生的萬法
自汝佛與我祖處所得來

自愛我與瞋我，信我
與謗我處，所得來

oṃ

Potalaka，人們誤解我
天生的勇撼與鬥猛
是來自於食龍腦、吐咽火
來自於喫什麼補什麼
但那也不過就是愛
與愛的無上苦行罷了
Potalaka，人們所傳言的飛殭
異獸、旱魃乃至於龍子
都只是我應世的權宜與化身：六面
三十三相，千手與千眼

都只是故人在我身上留下的投影
與枷鎖。Potalaka，你莫再測度，莫再問我鱗甲的顏色
我能聽見你在我的背上
多次的嘆息，你知道
世間所有的邊界
都暗藏著一座又一座的囚獄嗎？
Potalaka，你知道得太少
罣礙太多，應當學學我
知道得太多，卻只罣礙自己
底是從何而來；我愛人
是如何被誤會成害人？害我者
也曾愛過我嗎？當我的情慾
與我的肉身皆成為邊界的時候
你和我
又將要從何而去？

ma

Potalaka，你生來
即是一座神聖的道場
那是你的意義，不是我的
所以莫再問我的來歷了
你堅若金剛的土石
柔若匹練的水心
想必能體會我生來便處於階層
主義的邊緣，只能是坐騎
這是我的種姓
是我自久遠劫來，濃濃

厚重，且只能似霧
即使有風來此都久久
久久吹不散的哀愁。Potalaka
一切陀羅尼，愛與恨
皆由我的身世而發
故佛祖才曰：不可說
既不可說，我愛
我又如何能為你坦白我的心意
惡世的濁辱、騷動
實皆與我的痛楚無關

ni.

Potalaka，你是否
也曾如我以智慧之眼
洞見南海有成片的蓮梗
散而復聚，聚而復
散成一道道凜冽的寒流
自天際與海心之間
湧動而來，聲勢
似寶幔與長長的腰帶，似髮
與髻，與卍字胸前
的寶石珠鍊，似鑼鼓

與龍女清脆的歌聲
前來接引我們。Potalaka
熟悉的花香與髮香俱在
我們的故人，何時才會歸來
實現久遠劫前
應許過我們的授記，Potalaka
你也有所感應嗎？
又將到了鐵蓮花開的季節
故人並不知道是我
阻止千舟續行與萬人香客
攜帶念念前來叨擾
又將念念留下
雜染我們的清淨
Potalaka，你要保守
秘密，世人所留下的喧囂
與嘈嚷，觀光與消費

也曾是你
與我，最深層的慾望啊

pad

這即是原因嗎
Potalaka，哪裡還能觀
自在，要站在多高的山頂、足探
多深的黃泉，始能
聽見諸佛的講經聲
化為風聲與金箍
或心聲，被故人聞見
前來與你我相會，Potalaka
龍女說：只要有念
假即成真，即如我見

如你見，我愛如你愛
皆是同一的本源
Potalaka，你要相信龍女
所念即現，所思即成的咒訣
即便那是多大的罪愆啊，我的朋友
與敵人，請你以你殘存的聖性
指引我尋得最後一束
乾淨的柳枝，以遮蔭我身
淨我所念念
淨我於額前燃起的淫欲的火蕊
成為雪，凝為石
使我所見皆慈悲，所聞皆愛
淨我醜陋的結痂與戒疤
使我成為最好的人

me

Potalaka，我想將
珍藏多年的雪石，親手
贈與龍女，你覺得好嗎？Potalaka
靜此刻，我突然能夠理解你
與你的寂寞
大抵如我足間搖曳的蓮梗
梗下汙泥，汙泥的遲滯香
浮載著苦海邊的舟筏
只因那是故人
所留下的唯一暗示

Potalaka，我明白我的咆哮
會是你的，也必定
是你的，正如我的思念
使我金銅色的毛鱗
開始有了鏽跡。此處乃惡人
叢聚的地方，Potalaka
這是第一次，亦是最後一次
龍女擲來的花苞落在我肩
發出清脆的響聲
割傷我的耳
我從未如此清涼
從未如此感到幸福

hūṃ

清楚的看見自己
Potalaka，所見非相
所聞非音聲，這是故人
與佛祖留予我們
最後的開示
若你能聽見我的喃喃自語
便也將聽見自己
如來的心聲吧，如我們
將來、欲去、所停

所止，所精進的大黑暗處
亦是我們的大歇息處
我們的不安、憂愁、孤獨、貧窮、困
苦，皆是來世的名號，皆因
人們的稱念，我們才得以保存
寶貴的金身。Potalaka
什麼是真相，什麼是不安乃至於困苦什麼是愛與被愛
我猜你和龍女
與故人都是愛我的
對吧，我想聽你親口跟我說，Potalaka
在人們開始遺忘自己的面目
遺忘你與我真身之前，告訴我
誰才是真正愛我的人
誰是水面下之下
那座如犼憤怒的 Potalaka
誰是犼，誰是我

誰又背負著誰
永無止境的罪愆與愛戀

「眼常識色，乃至意常識法，不能妨心解脫、慧解脫；意堅住故，內修無量善解脫，觀察生滅。」

——《雜阿含經》

輯四：內在的音律

來歷

聲音靜止下來
微有電磁的蒺棘
帶來透明識見
使手指觸處盡有隔，杯緣內壁
礦物曖曖的溢漏之光
久漬而垢，顯像意識之清冷
焦灼，思及你時
世界便彷若
有所發生。想雨寥落
在破損的磚道，腳下

轉瞬即湧起的草腥如唱片懷舊
轉動花一般的坑紋
如你多次於清晨的夢中
尋回往世的聽覺
來過又走
一具滿是裂痕的器皿
自爭吵中，寂寂裡
掩去傷痕的來歷
假裝自己是完整的琉璃
揣緊一切碎裂的音響

對峙

意念在葉梢
滑落瘀傷的露水撞玻璃
一條受汙的河被自然生產
薄淡在廉價桌面，手來
沿木紋貼皮走
擾亂室內的氣旋落紙杯
杯緣的咬痕越破損
越心安，想一切陷落即存在
咖啡水邊，光在上面
奶色的浮沫偽裝成河灘之石

苦是精神的滋味
無糖的盆地，活生生地
個性的稜角在剝落，龐然之心的刺痛
使疲憊的虛空常擠壓
訊號的往返與交織，我賴
你來，常凝視我於夜間的車廂晃動
不飲水亦不說話
習得平穩的技藝在顛簸之時
忽略星象逆行，習得禮儀
於被冒犯時不在意
試著理解窗片之上每一個模糊的人
在乎他們的心意
不再因模糊的人先動
而害怕自己
會被時間留下來

收容所

我有一件衣服
線頭總是自己愉快地拉出
一隻銀白色的小貓

親近風，遠離群眾
我的小貓總是皺皺的
線頭總是短短的

是避免刺傷
另外一隻動物吧

在被丟棄與回收之前
於愛中體會榮辱

我的小貓
一生都在躲藏
洗衣籃、衣櫃、紙箱、沙發下
風來，衣角盪盪
就想逃，常在哭

直到影子越來越短
眼淚成為黃漬

內在的音律

揣想一切來處
水中之光，墜落的雲裡
琴弦鏽損於一場疾病
或戰亂，音樂自空氣消失
留下鏡像思緒在轉動
髣若有，髣若沒有
自夜霧與浮沫的關係中
捕捉一閃而逝的神情。地面
有巨大的懊悔浮沉於胸次如汙水
包裹管線粗啞的嗓音

大雨猛然到，被時間意識
之心虛，恐懼，荒魂般之須彌
是誰准許其尾隨在我之後
思索存在的意義：貧窮、飢荒、無力感
與獨裁者之貪婪
將宇宙的手指留在廢棄的琴室
窗外一棵枯木投影進來
打在手心，耳邊
恍然響起一枚爆裂之果
遺悲懷的音律

破綻

大概是這樣
打了一個噴嚏
想起孩童們口中的鬼屋
曾是某些人的家
便感到陰冷
那好像是我住過的地方啊
街道末尾，左轉
第二間，近海，時常
有淚水的氣息漫湧上來
使壁面不健康，玻璃如漆

如鎮壓我的那面寶鏡
鑑照過的人們都還年輕
曾住過這裡，愛過一些人
擁有顛倒的夢想
接著是一個噴嚏般的家庭
引來樹根入住，尖叫與藤蔓
肆意攀爬，大概是這樣
寶鏡才有了破綻，大概
是這樣，我與我
與我新長成的十八臂
才有駁雜的感情線
若惡童塗鴉，一把傘下
等待前來探險的人
填入他人的名字

歸處

風帶混凝土
砌成的橋
浮出殘損的標線通未來
盡頭正紅燈
橫倒的斷木敞開裂縫
露出峽谷之眼，日影
曾以不同角度來雕琢
離土的樹根，揀選著空氣
面對死亡時有僵硬的手勢
指向寧靜的洞，虛空，方向

且強橫地哀悼，我想像
言詞之中的一切祈使
偕土行動物與昆蟲
踏入汩汩的樹脂
蜜河洗身，看兩側的花朵正開放
而後滾落琥珀在冬日
包裹比雲影更虛幻的月色
在我猛然回視時
偽裝成大地的鉚釘
倒懸在夜空

孤獨的時候

孤獨的時候
閃電先來
揉心中的蕊

露沿耳廓垂
危懸著背景消散復再生

如貧窮的人在目前
將風聲抱緊
擁一飽滿的萼

跑起來，在陰天的夢中
跑過耳鳴與寒流

只能靈魂有漏洞
不能被你抱緊

發心

如一顆由綠轉黃的果
發軟爛的心，結來世的種子

漸行漸遠的黃昏帶來星
鑲在雲層中
穩定地發散著甜膩而略帶酸楚的香

當風吹來，糖粒被蟲類搬走
只是為了各種不見
也不再輕易發出聲音

只要再飽滿一點
只要熟悉世界的遷變

捨身

有百億煙塵
將花散去

將身體揉碎
就有海
長出霉斑

將鳥喙借給我
我會保守你的秘密

在碎裂之前
我將於雷中擊雲鼓
為枯葉叢中
每一個流淚的人

岩墟

日光低雲，探勘傷痛的墟址
發出裂帛之音，使我察覺到撕扯與痛
亦有光鮮的一面，使我疑惑你
很早就在那裡
看草芒掩映，腳邊的青苔軟一地
膠著為內心正敏感的河流
熟習臨界的孤獨將河滿，指認茫茫草野中
一樹乾枯的隱喻，只為聽河水正老
播送舊式的歌曲。這一次來看你
這次離開，便再也不會

往岩洞裡探首了。撞見漆黑之中有身軀
像一塊不斷吞掉光的鐘乳石
留下陰鬱的背景，大地的胸膛
凹陷處，也曾有龐然的我
坐在那裡，分化影子
復歸一，抱緊一顆心臟
聽鬼魅涉水，哭泣，流淚
帶來低頻的聲音
或只流淚而不哭泣

「日月交合一處，一點靈光，圓陀陀，光爍爍，照耀上下，內真外應，先天之炁自虛無中來。」
——《靈文五篇》

輯五：當我危坐於此多時

疑惑

怎麼辦呢，感到疑惑的時刻
煙圈高高浮起，越過細瑣的月光
不知道要往哪裡去，這該
怎麼辦呢，草葉摩挲的聲音
像是正在議論我珍愛的那些東西
怎麼沒有帶走，怎麼沒有人來
把我帶走。當我滯留在這裡
幾個夜晚了，麻雀們跳下欄杆
與流浪狗兒相交錯，向我聚攏
為我疑惑為什麼，光會碎在這裡

割傷玻璃酒瓶，為什麼不由自主
會想要唱歌。為什麼會這樣呢
玻璃酒瓶裡的我，神情竟如此冷淡
泛著詭異青光，青光裡卻有雨
正唰唰唰唰唰地下著，我
該伸手去接嗎，可是為什麼
連雨也避開了我，避開扭曲的煙圈
我該怎麼辦呢，身旁的貓與狗兒
都漸漸漸漸地散了，散了
留下滿地水漬，唉啊，散了
他們也都是在霧中努力求生的人
但又能怎麼樣呢，割傷我的
也曾經多次割傷過他們

如夢令

——寫於二〇一一年十二月二十五日「台北市萬華區艋舺公園噴水驅趕遊民」後

睡在霧氣凝滯的時候
飛蛾藏於髮中，感知到冷
來自遠處針葉，其稀疏、緻密
塑膠質地，包裹各色燈泡在節慶裡
揣摩人群的眼神，寒帶之光
光之後的盤算，嫌惡
與猜疑，恐懼於蛾翅上的紋路：眼睛
失色的，迷眩的，失敗的

若一個人背負陰鬱，不捨晝夜
走在蘚苔上，告訴自己要輕放、小心
閉眼是災難，睜眼則可見
遍地柔韌的生命在腳下
死死撐著自己。不要再帶來壓迫了
不要滯留於此處，昇華為沉重的水氣
窒礙人們的呼吸，遠處有人
衣裝筆挺，有人穿著新潮的服飾
面向玻璃，品飲溫熱的咖啡
吐出輕薄的霧氣，氣象預告
大雨將來襲，我想著
霧氣之中有塵埃
也想要進到光亮的屋裡

我沒有一雙足夠好的眼睛

——為二〇一八年一月《勞基法》修正草案「反《勞基法》修惡運動」所寫

他們說再努力一點
就能擁有自己的家。我一天
有十六個小時可以努力
兩個小時加班，兩個小時
吃飯洗澡與企劃四個小時的休息
如何更加精準地在夢中
捕捉通訊軟體的光

領受來自遠端的神諭
以為天亮了，滑開手機
為錯失的報數懊悔
居於末座
翻開牆上的日曆，光滑的油墨
總帶來粗糙感，生活
紅字、紀念日與節慶
都早已與我無關

我的一周有十二天
我的朋友也是，我的時間
與老闆不同，與官員不同
但還好，我是合法的，我的老闆也是
合法想像自己擁有一個家
住愛我的人，一對子女
有一臺堪用的車

能偶爾載老邁的父母回鄉

我覺得自己應該堪用
應該吧，應該勉強可以算是個
堪用的人，應該算是個人
我有不錯的學歷與大把的時間
有夢想與希望。有家

我想要有一個家
我只是沒有錢，三十歲了

我日日看著自己的笑容
好像有些僵硬，這樣不行啊
活著需要一些幽默感
老闆說我是她心中最軟的一塊
但我的父親得了肝癌，還好
還好這些病都與心無關

我的身體有些不堪負荷
我吃了半年的藥，有一天若死了
也是因為我本來就有病，還好
還好我還有很多的時間
與信任，我有病
對不起
我沒有一雙足夠好的眼睛

當我危坐於此多時

是日，當我危坐於此多時
崖巖斜傾而有瀑布沖擊而下
乍現時代的青光有若苔綠，鳥聲
已疾疾往更遠的地方去了
留下喑啞的木巢，空對暮日
等待天色陰暗一些，再暗一些
便化為峭壁上的翠木，蘊藏幽沉神思
察覺身中亦有草葉的脈搏
若苦浪排空，一波，又一波

拍擴而來的音塵若亂馬奔騰
自密林深處播慢格的畫面

想誰能來此尋我，穿越磅礴
氣味自峭壁間升漫開來，不斷
自山風所途經的每一個暗處
撩撥煅散之飛灰，飛灰之前身
許是未及送出的書信經多次
攢聚於手，藏於大衣的暗袋
摺痕屢次攤開，顯露傷口的毛邊
如多情的蕨類等待露水
復沉寂於季節性的乾涸中
見滿天是斜斜的隕石依約前往
宿命的位置，意念
漸次熄滅，思維若火光

唯有一瞬劃過虛空，下一瞬
便停止向無定的星座進發

有誰人會在那裡？往我這邊
有意、無意地眺望過來，泥地斷木
許是我果斷的決心，即使
投出去的石子沒有一個精準擊中
混濁的疑問，濕漉漉的
掌心裡，急促的人生啊會有誰
也在那裡，棲身黌黑的天色
如我危坐於此多時，乾淨的意念
自霧底描繪出陰鬱的影子
測度鳥鳴之去向。有誰，將會
應聲而來，撥開滿身墟址的簌簌草葉
像吐露一種輕嘆
與召喚：「我終於找到你了。」

當我處於枯水期，當我危坐
於此多時，安靜於此多時

生命的出路

——致父親

月光交織成病情，病情林立
隨呼息而擺盪且深遠至長廊底處
迴盪在夜晚。隔牆傳來痛楚
痛楚使天河撩亂，流入夢境的缺口
靈魂顫動，生機與摧滅的氣息
隱隱開出一條地下的河道，倒燭
是舟，然而燭光飄搖，透過回憶的安撫

而漸次通明、穩固，吐納於眉峰
最高處的稜線間，彷若有鷹
展開翅膀，在夢境中低落的滑翔

復又旋起，像樹葉擦過羽毛
蜷縮的意志。有時，情緒停泊於
潮汐的高點，漲滿乾枯的葉脈
任針頭侵入血管，輸送歲月的
回聲。你說，瘀血只是暫時的
衰老成蒼白的敘事，黑暗中
車光微微應和星光，如我們
多年來的願望，以自己的骨架
撐起家的骨架。以你的血肉
應許我此生的足跡
穿越蒺藜而來，且安心在此

佇立在此。我陪伴著你
我的父親，疾病已緩緩消解
於無形，而傷口伴隨著風聲
比地上的倒影更接近清冷
交接的縫線是人事的遞嬗，窗外
已有些微的雨點攀進房間
打擾你的熟睡，陣痛有時
從腹腔深處擠壓上來，來勢
洶湧，如我們赤足站在河中
被尖銳的小石所圍困。人生
極短，又將如何濃縮
成一顆腫瘤，被取出、研究

雨終究還是落了下來，雷聲
沉悶於雲際，你仍安穩的枕著
夢境中的河道，想起孩提時

守著燭光，將未來摺成紙船
擺放在木紋的方桌，平穩的
流水，使陣痛緩緩消弭成
金黃色的年輪，傳來溫暖
且無有憂慮。我的父親，如今
你彷若是鷹收斂翅膀，顧盼之間
眼神中已無尖銳的言詞
當你將手掌覆在我的肩上
我或許便能順著你的眼
看見與你一般生命的出路

諸天的眼淚

「善來大德。來去自在。已來不來。已去不去。」——噶瑪噶居寺開山上師偈

道路的盡頭，有長影
刺穿我身，耳際的跫音有緊張
一絲不確定，遂猜想
有被踩碎的願望已隨落花
轉生為眾人眼中的雨
磨蝕擱淺的舢舨，輾轉被雕成
一尊落淚的羅漢經多世
拂面的風霜。在濱海的寺院裡

辨認每一位渡海的人
相似的面孔，眼下有水道
水道之下的傷痕有多深
如日影斜傾，穿刺海水揚起的鹽分
使光芒先於形象抵達模糊的邊界
在夢中發微小的願：願此後
能夠屈掌為缽，披雨為袍
引月光融於夜霧，散開來
即為絨毯，為諸法的乞士開路
為待渡者、喪亡者，算數譬喻所不能及者
懷抱焰焰決心在木紋的交會處
神木之眼，凝塑琉璃的化身，且隨蟲鳴
在草中樂。夢醒時，即從座起
腳下有道路，夢中有鹿群
與溫和的狼群願追隨
齊齊在不惑的春天離去

離去或許會有送行的車聲
或許沒有，但定有孤獨
會喊著陽光的名字
會有明亮的草色在眼前閃
火來，要記得撐傘
晴雨無論，要記得日子
有溫暖的指尖順著棺木的紋
前來理解我。有時是風
留下我未盡的話語，有時
是堅韌的傘面在極冷的時刻
會為你們接住一些雪，或難堪，記得
要將淚留在傘下，若烏鴉垂首
優雅地整理歧出的絨羽，思維
曾經給過我的擁抱為何物
是明燦的月光披覆在身，是人們
從世間得到的愛，寧靜的年輪

被按上指紋，許諾為諸天的眼淚
引來浪聲迴環，是傷害
永恆地繞著我轉
成為無邊星雲
為我接引
西方諸宿中第一宿的海

無關

不要掀起捲曲的葉子
葉下有甲蟲咬齧的痕跡，不要驚動
膽小的土地如橄欖於昏黃街燈下
托著散漫的野草如銅絲般冷靜
直到光都活過來了，才能乾枯
指引時間流向尚待打磨的火山
鐵窗後，戒台上有指頭的陳年之繭
繭中有音樂漸膨脹，腳下的風鼓
漸壓，使火嘴留下青藍色的焦慮
近處是一隻鍬形蟲偶然停佇在木樁

哀悼已死之樹流不出鮮美的汁液
而你的身上正生薄汗如苔蘚上的水珠浮略
在眼，待精靈來探勘，待有人好奇，有人
彷彿在看你，或只是單純的路過
如觀光的風，復沉潛。任鋸弓在舌板上
來回作響，火嘴焰焰，不識與你初見時的
雨水在腦中，成形漸強的鼓點，聽鼓點
在雲海間醞釀自己的一生，復打擊
雷與閃電，見與不能見，只是一瞬復一瞬
感到自己時常在滿是鋼珠的滾筒裡
接受擠壓與磨礪，成為精確
而幾無瑕疵的樣子，成為光所照之物
復經砂紙摩挲，抹去粗糙的孔竅
擁有光滑：固執，祝福或承諾於一切初初成形之時
搖晃窗外的橄欖樹，樹上翠綠的寶石
閃動暮色如金屬來召喚，消弭歧出的想法

情意的痕跡，當他不愛你，或愛你
或其實愛的是我，當指戒完成
有蟲豸自樹上不斷墜落
安靜地墜落將要墜落宿命式地於是只好安靜
被深深揉進土裡似地墜落
一切的一切，終究與我無關

且自茲去

——致祖母，兼記三義朝聖寺藥師琉璃光如來

然後妳就來了，輕彈
身上的煙塵，像昨日
夢裡安坐的白鹿，時而
凝望我所在的方向
將浮動的霧氣平穩下來
若和緩的呼吸，接受哀傷的情緒
來自窗邊一萎花

緩慢地被荊棘越過而來到
木椅邊緣，挾帶日光
與生命中毛躁的敘事
望向床底那陰陰結球的棉線
如妳曾為我編織的那件寶藍色背心
蒼茫，而有海潮聲自螺旋的
肩線唰唰而來，魚群在遠方
來回游弋，引領海鳥

時而不動而成畫景，凝止
疾病的根鬚，我的罣礙
多次從雙腳攀延至妳柔軟的腹部
琉璃為身，床頭水瓶，氧氣罩
閃爍通透的光譜，當風來過
柳枝在瓶中轉了半旋且似追索
時間就站在那裡，若最後的圖繪

不住、不動，不壞且不
退轉，不睜開眼也不必言語

我便能聽見妳，聽陽光碎步
緩慢地來到身前，陰影
退得很遠，很遠，使我不自覺
想起妳貼身的藥壺，藥氣
至今仍於鼻心盤繞而未散
似有暗香正安定彼此的心智
及眼角的紋，目色如日
融入木床之上的年輪
年輪之上，曾有趺坐的妳

想春天早就來了，象牙色的
月光與日光也隨侍在側
聽遠方有風像山歌，自東來

為紫雲增添木色的鄉愁
妳且安心地留下海一般的氣息
帶走樸實的鞋印，去走一走
妳且放心
自茲去，且放心，自茲去

誰能來此回應我的卜問

誰且能從胸中抽出銀亮的時間之箭
將一生的精神凝結於珠玉的雙眼
使發散出去的目光圓潤且暖，識得自己之餘
亦能洞明生活裡隱匿奔行的邪魅之物
使祠堂的先靈願意列序其後，步伐輕巧
高舉翠綠的風旗從清早的田埕回到
土地公廟之前，溫柔地掃過
我斜斜而往村口處傾身的影子。誰且
能亦步亦趨地往更深遠的竹林走去
感受夜星所應和的螢火與風聲

推來木質的毬果，果上參差的鱗片
亦曾擊中我瘦弱、黝黑的肩

扛著電鑽，來到城市之中高聳的建物間
為大地之母鑿出一隻又一隻的眼睛
聽割稻機的聲音遙遙傳來且久久不斷
似祖輩的念念，遠赴他鄉的情人
為我繫在腳腕上的五色線已滿布鹽晶
誰且能看見鹽晶上有初初滑落的汗水
在仲夏的柏油路上，開出的咸豐草
有晶瑩的露水滴在莖根的絨毛上
被聞見，被仔細地聆聽，被寬厚且
溫柔地注視著：酸澀的心事。誰且能
理解我與友人酬飲時的恣意與歡喜
豪飲入喉的貧窮與肩頸上的疾病
都像極了免洗杯中猩紅粗糙的檳榔渣

或紅色的筊。誰能來此回應我的卜問
童年印象裡那隻帶著傷疤的土狗是如何奔進
樹林裡隱密而潮濕的洞，眼眸靈澈
看竹槍射出的橡皮筋如流星般地閃逝
擦過扶疏的草葉，神秘的儀式，一種預言
使木石緩慢成形的紋理皆帶有回聲
喃喃時間的禱詞，療癒著傷口，療癒著
一路往大都市奔行的村民，出村
與回村時所割傷的每一條小徑。誰且
如我，已將要無法輕易地想起故鄉中溪河的脈絡自胸臆是如何
繞過王爺廟於村口設下的五營
與頸後的炙陽交換紋身，任光遁入膚裡躁動血液
襲夜為衣，呼吸時有草莽的意味
誰且能明白

我已盡力保守這樣的自己
而不為誰感到抱歉

夏日轉乘

捲著報紙，看廣場心跳
貧弱如一跟鞋踩在紅磚道
離地心尚遠的軟土層上之一水池
小雨來漣漪，敲在布告欄上
浸濕的報導寫著情緒如水
將會流回過去的居所。我憂鬱
散射開來的水珠，彷若昔日對話
鑄鐵般敲擊，未旋緊的水龍頭
一再地向虛空探問、質詢
到哪裡了，人生是否安好？「永寧，

之後海山。」撚熄菸蒂於空蕩房間
丟棄被水浸濕的菸盒，收拾焦慮
若久經蒙塵的窗簾，掀開來
抖落的雜訊是唯一的風景。你說：
帶傘，傘面會完整缺失的事件
替我們捕捉訊息欄中的餘響
讀取，復傳送「命運已雙連
正要行關渡」。車來，新的等待
與舊的肉身，仍有不安的地震
在胸口輕輕地搖。每當夏日水位
來到雨季的高點，風竄出草窪
有音樂早於黃昏之前你來到
晃動裙襬上的雨漬。你說
是羞怯的花帶來禮物，是鹿
踩過茜紅的草色在雨中留下節拍
只為給予藤蘿密布的樹

量一次溫柔的脈博。你來，你是
天空藍的觀音山，久違的依靠

虛構的命題

靜坐入深處，周身的野草正抽長
藻荇隨意志逡巡於池塘，感應
星象的心律，想像完整的愛啊無非是一種
回聲沉入水底，見證月光終究布下了
清冷的大網，鑑照驚怯的魚群隨目色匯聚
美好的片段，砥礪錯落的知覺
使松濤層層交湧而於戀情的脈絡中
感到驚心、刺棘，如颸風將來
獨坐群山的懷抱有如衣帶，垂掛
沼澤邊，感應漸濃的霧氣

遮掩庭園的前景。傾聽眾鳥息聲
且屏息以待，髮髭之下有懸疑的黑痣
顯露於額心，昭示著意志正陷落
滿是娟秀文字的私密之札，使轉瞬即散的我們
也被說服，毬果之墜落與理想的生活
沒有必然的關係。夢境中地，濱海潮聲
將不再推波而使山嵐徒勞，追索
時光之往返、激辯，明白彼此的際遇
與盟誓，本就是一道虛構的命題

當我側身在病

汗過，有刀刃的痕跡來切割
意識之薄
之迷亂，當我側身在病
難解的符號在夢裡
掩去枯葉的黃斑，狹仄山徑
麻醉的汁液自樹身
與魔洞伸來的手互牽引
劃出河，拮抗畏懼
與消沉之物。揣想魍魎來自何處？嗎啡
葡萄糖、胺基酸，抑或濃霧般的

脂肪乳劑？是誰在看我，自頸部的靜脈
探勘體內每一處貧瘠的位址，標記、挖掘
陷落的洞府，吸呼時
所察覺到的掏空，清醒時失落
擠熱帶的雨水出毛孔，紅疹
如花開滿大地，晦暗的天
隨呼息包裹意念，意念若鍋釘
落在蜿蜒的蜈蚣上，在我側過身時
沉睡的瓷器之腹，地心
緩慢地展開裂谷，疼痛自谷中
將要掙脫輕薄的瓷壁
像層層疊疊的眼睛

「魂兮歸來！去君之恒幹，何為四方些？舍君之樂處，而離彼不祥些！」——《楚辭・招魂》

輯六：我身心俱疲啊你啊你呢你呢

01

看見自己坐在火爐中
成為火爐，爐上銅鍋
吞吐著泡沫，有人形與諸鬼亂舞
也許這就是我的一生

我是守爐的靈童
看顧著世間轉瞬即破的大夢

02

夕陽的行跡已不可見
雨水和經喃浮躁其中，飛灰之下你
緩緩靠向我的肩頭
稀微讓風吹

當火勢接近尾聲，你來到地平線
為即將消融的一生
答覆子孫有孝無，破敗的
也終將得到吉祥與平安

03

有人自燥熱的夢境中醒來
懷抱一顆死去的星球
有人見過我，隨後便下生
在一片著火的莽原

用一生來躲避內心的傷痛
牢牢惦記著我的胸前
哪一處仍有溫暖，哪一處

是終年被秘密薰陶的樹窩

04

濃厚的水氣盤踞在我的肩膀
一老邁的鬼魂
叼著菸斗說人生還長
一切音聲，莫要留念
只管速速前進

乾旱的前兆終究來臨
燒得鍋底的枯竹
也嗶嗶剝剝地叫了起來
惡犬狺狺，吠聲響天

05

快要看不見自己了
有人在很近很近的地方
對我大喊，大喊
我身心俱疲啊你啊你呢你呢你呢
不能喘息了，你呢你呢
三萬六千毛孔，是否也為了這世間
正冒著大量的汗

06

介於冥想與恍惚之間
沿著夜的軌跡安靜下去
身為一名挫敗多年的苦行者
面對愛裡的慈悲
我能給的，與你所知的

都已不能再多

07

風吹不去，雨淋不濕
從眾人的眼裡看見眾神
裹著七十二層的天色

甸甸的雪，雪色近於灰
想劫難將來，尚未實現的諾言
是一把靜待被打開的傘
握在我手中
卻是一棵歷劫生滅的大樹

08

曾經被遺棄
於是我們下定決心
保持神秘的來歷，在愛情崩落的所在
穿越彼此的靈魂
像一場末日的大遷徙

而後有人靜靜的獨坐
哭泣，散播一種莫名的感應
傳聞救世的人已經落了下來，幸好
幸好我知道那並不是你

09

草腥焦灼，覺妄的意味
使我的腹部感到疼痛

若柔軟的石頭在腸胃中滾動
尖銳的呼吸，一些意念
如金鳥之喙，時刻啄鑿
在我肉身狹小的樹穴中

10

似乎有什麼要裂了
皮膚與肺臟，我的眉心
被風與水灌得滿滿地
像緊繃的關係被他人拉扯在手裡
有些痛苦如衣帛
要裂，要裂，要裂了

11

忽忽被星光的投擲所擊中
落葉的真相，意志的徘徊
終於也閃電成一棵大樹

醒來後發現有緩緩的疼痛
漫至情感的高水位，罣念的枕
夢中的背影，也在黑暗中
慢慢地
形成了年輪

12

再一次感受到全然的黑暗
像肉身恐懼於時間

安定於痛，我活在火中
當城池的幻象於火中不斷加固
燃盡我的羽毛
始知每一件美好的事
都是最真實的牢籠

13

遠遠有束髮的童子
踏著水車，他們告訴我
雨已經下過了
下過了，但我仍覺得渴
渴的欲望十分強烈
我張口，他們說你真不應該

那隻獨眼的烏鴉
已經許久沒有騰飛起來

14

不會再有熟悉的人了
不要再往前，再往前
僅有裊裊的白霧掩蓋山道
像一種刺探

埋伏在你的身旁，有身是屋
妄念如碎石所鋪成的道路
眼前所能通往的任何一處：
元辰宮，森羅殿，看似理想的家屋
離開妄想，沒有一間會是你的

15

碎石徑中有刀尖刺入腳掌
原來這就是活著
血微微滲出，四方之雲
破出一道陽光又隨即暗去

活著是黯紅色的，是涓滴
是在痛楚之中閃逝希望
神蹟的再現
但與流過的血沒有關係

16

像往常的午憩，不動

聲色是你恨著我的方式
那會是一種金屬嗎？窗台外
銀亮的車光匯聚濕意
薄淡的背影，遲遲、不願
轉過身來坦白命運的大愛
只獨自弓起沉默的呼息

17

你說我是不值得被愛的
痛苦只是菸葉
帶來的幻覺，太虛之境
一切的崩毀
都只是為了遮滅人間的心事
我遂將自己交付出去

年輕的弓箭手，魔神剛來過
你獨自留在幽暗的樹穴裡
一隻自斷其翅的金烏
你說他也是不值得被愛的

18

風來過，雨聲淅瀝
綻放成透明的雪花
我們曾經相信像這樣
你呵氣。側耳貼著玻璃
大霧起時便會有溫暖的耳語
自遙遠的地方
撲疊而來

19

揮手，要離開了，四散的魂魄
紛紛走進葉脈，汩泥揚波
發出聲音，側耳急急，有陌生的聲音喊著
急急收來，急急回

直立的淚水，群蟻紛紛
躲避壞下之河
焦慮在菸捲的迴旋中不斷重覆
卻不敢亦步亦趨一陣風

【後記】靜物皆活

當我難過的時候，便會於深夜，獨自去看海。

前往海港的路上，有一段路，因鄰近機場，路燈在夜間都是沒有打開的，只有在一些路口偶爾可見閃著黃燈的警示，離得稍遠，便又是一片黑暗。騎著和友人借來的老舊野狼獨行在這條漆黑的路上，此前、此後，再無其他的人、車了，耳邊，只有風聲與引擎聲，響在安全帽裡，也隆隆隆隆地不太真切。宛如早已鏽黃的齒輪彼此硬嵌合，轉動，勉強地轉動，有那麼一度，使我懷疑起這些頓挫的音聲，會不會都是自我的體內發出來的——我是生鏽的人，有紅鏽的驚心之美，是身遍是用力即碎的薄如雲母的鐵片，是鋼鐵男子、逐浪之人。

試著將大燈關掉，耳朵打開，記著油門穩穩催發的手感，眼閉上，盤算著這條在深夜騎行過不下二十次的長路，其曲折與險要之處——多遠有一個路口，再遠，則應於哪條巷弄轉彎。想著濱海之地，夜半無人的浪潮，必極靜、極深，海面上的漁火，必極度光明，漸遠而漸爍，如宇宙彼端所傳來的訊號，極蒼老、渺遠，且充滿寓意，而屆時裹在我身上的風，又將會是一如既往地，極大、極沉，宛如一種阻止與推拒——不要再靠近了，停下來，這裡不是你的歸宿。你懼水，但我明白你的企求，你企求我能夠容納你的聲音。

想著海港將近，聽風在耳邊吹，意識之中便彷若有一面海色提早浮略在眼。是海的手掌由彼端急急伸至此處吧，其掌心，是蒼黑與黛螺，是海天相接，遠、近如布幕的顏色，而我正騎行在它的掌紋上，我正成為它的紋。我知道自己正在冒險，但仍將雙眼緊閉，油門穩穩催，時速約莫三、四十，心中默數著一、二、三、四……直到第七秒，有惶惶的恐懼若雨中暴漲的河水將決堤，迫使我將眼睛睜開。只是眼界所及，此前、此後，仍是一片黑暗，並無其他的人、車相迫，無貓、無狗、無鳥，無斜斜且橫越而下的飛機發出隆隆噪音自頭上掠過，然而我心中所感到的恐懼與不安，卻是篤實的。是實有，是存在之焦慮，是一座山「磅！」的一聲壓在胸上，翻過來，是一面洶湧的海。

假如一秒即是一世，七秒七世的衰期，因恐懼而睜眼，那種「醒覺」，伴隨著刺激與冒險、恐懼與安定，此前、此後，眼界之中是一片黑暗，也只剩下黑暗。獨行其中，並不特別令人感到畏懼，恐慌是自內而生的，是內在的昏聵，是意識到自己對於周遭一切即將失去掌握時，最後的掙扎。海上的燈火、空中的繁星、遠處閃著黃光的號誌燈，皆彷若那些慈憫或冷漠的眼，只是觀看，而不介入，薄淡的雨水或許是他們的眼淚，但也或許不是，乃因當我選擇關掉車燈，我便已不是他們的一部分。我盲，以心照路，憑恃著直覺與聽覺向前走，我不是光明，不是黑暗，我是我，是被自己深深凝視的物象。時刻告訴自己不要睜開肉眼，要堅持下去，直到再也堅持不了為止；直到看清心裡的深淵，深淵裡頭的漩，看穿那一次次身心不安寧時的陷落，到底所為何來，才止。

害怕自己，然而又被自己給接住，如灘上的細沙，沉沉托住我的體重。我是沙，是珊瑚、魚骨、風化的石，是那些被分解的意象，漂浮在空中、地上，聽山靈水族的魂魄說話，並在他們的話語當中移動。在那之前，我將車停在路邊，細細感受恐懼的生起及其感染至肉身時的觸動、顫抖、加速的脈搏，與後來的消滅。想起王陽明曾言：「你未看此花時，此花與汝同歸於寂；你既來看此花，則此花顏色一時明白起來。」一切觀看的工具，都是意識的延伸，意識決定了物質的存在狀態及其意義。有感，有通，心與象之間有聯繫，即有應。

如當下一瞬而起的恐慌與怖懼，也經歷了前六秒之心理時間的鋪陳，當我看著自己，「恐慌」明白起來了，「畏懼」明白起來了。那是對意外感到恐慌嗎？還是對死亡感到畏懼？亦或者，當下之我所害怕的，只是自己貿然遁入無邊黑暗，而懼於一不小心便將被世間永恆的遺忘？我的耳邊，只有呼呼呼呼的風聲，想來，是內在之我透過萬物在向我說話吧。如同，風一度大到搖撼了我的車行，鋼鐵的意志，使我在此中鍛鍊了平衡的技藝，在險阻之中成長，顛簸之下節制——何時該送出多少油，又該收回多少。何時該換檔，要煞車，要及時地睜眼，看穿那些空花虛影，放大心鏡之光，而詩，或許便是那道光，是心燈對世界的探照，是我於禪房中，戒尺擊身的直覺與警醒。

若要巧設譬喻，詩或許是一廣大卻夐黑的禮堂、世界、宇宙、塌陷的黑洞、閉關的石室，其中四散著神祇踐履之跡。詩是履過，詩是痕跡，詩是認識自我內在之精神與靈明的鏡，是行動、探勘，是行動之後的成果，是一瞬之感應。詩亦是學習平衡的技藝，是內在之我透過文字在向我說話，是我對世界有抵抗、不捨、哀憫、愛戀、痛苦、不甘，而欲揭露，亦或只是冷靜地聽萬物之精神反過來向我訴說；詩既然是內在的世界，那麼我對世界的抵抗，即是對自己的抵抗，對詩之節制、放縱、刪汰與不滿，亦是對自己的節制、放縱、刪汰與不滿；詩是靈動的寺宇，寺宇是肉身及此中不變的性體，創作與領會之二事，或許是對於神之跡的接觸與靈應，就此，詩歌亦有其修養的工夫。

是自紛呈的象中，尋找與自我意念相應之物，乃至情意的附身。這本詩集所收之作，雖援引、採用了些宗教、神話、民俗傳說的意象與典故，但其核心，仍是那黑暗的自我，如露水滴落潭面引起的漣漪不斷向外擴，擴而漸寬、漸緩、漸遠，成為此書各輯次主題與題材。而對於某一概念多角度的看待、翻轉與嘗試，大抵是寫作這些詩作時，最大的樂趣，而這些樂趣，亦常假借宗教的意象，當我再一次、又一次閱讀它們時，反饋給我一種安定。

想來，黑暗也並非總是為我們帶來危懼，其亦時常捎來包容與寬慰，如我大學時期，深夜獨自坐在沙灘上所眺望的那一片寧靜的海。

亦如我在台北盆地生活的這幾年，每當心思惶惶，便將室內的燈關上，拉起窗簾，藏身於衣櫃的深處聆聽各種音聲，自室外向內漫。在暗中，耳益聰，目益明，竟也能聽見平日忽略之聲，是如何以一種冥冥然不可測知的規律相互交響著；平時不在意之形，其細節與紋理是如何於多角度的觀看中產生美感，及其詭譎如魅的影，帶來驚奇。靜物皆活，而一切活物，又俱歸於寂。想像黑暗擬人，伸出友好之手來，將我溫柔地握在掌中，奶油般融化，肉身的熱是黑暗的脈動，心則是一塊不斷吞掉光的鐘乳石，是海上的月，是月上烏暗的靜海。

然而即使是海，既有其完滿，自然亦有其瑕疵，一如這冊詩集所收之作，自二〇一二到二〇一九，七年過去了，自我因生命困頓開始接觸宗教典籍之期，截至今日，亦已占了一半多一點。困頓未嘗稍減，也未能真正領悟出一些什麼，只是深知前往大海的歷程，成為大海的歷程，難免會遇到一些挫折與危難，但能夠安然過去了，也就好了。一如當我受到恐慌的驅使而於無一盞路燈的道路上毅然睜眼，將車燈打開，發現目之所及，有一頂老舊的安全帽就落在不遠處，若再閉著眼持續向前騎行幾公尺，大抵，就會直直撞上了。然而，因直覺或冥冥之中諸神的眷顧躲過了一劫，該值得慶幸嗎？倒也並不，乃因我當下腦中所想，多是帽子的主人如今安在？是風勢太大，車行時，被風吹落的車上的備品？還是意外之後不及清除的遺留？

想來永遠都不會有答案，亦或者，以上那些揣測，也都是答案。

乃至，彼之實相，不過就是一顆通往入海口之河道上頑固的巨石，如我隨後幾年四處浪遊時，於溪邊，偶然遇見的那尊被丟棄的木雕菩薩。是身有嗑碰，多缺損，在其斑駁之漆下，有長長的裂痕如峽谷綻開一隻眼。

有精神尚在，有聲汩汩，自其中流下淚來。

【詩集對談】

《諸天的眼淚》

2020／01／18（六）

主講人：崎雲

對談人：謝三進

時間｜下午3：00

地點｜讀字書店（台北市和平東路一段104巷6號）

洽詢電話：(02)2749-4988

＊免費入場，座位有限

國家圖書館預行編目資料

諸天的眼淚／崎雲著. ——初版. ——臺北市；寶瓶文化, 2020. 01
面； 公分, ——（island；295）
ISBN 978-986-406-177-8（平裝）

863. 51　　108021308

Island 295

諸天的眼淚

作者／崎雲

發行人／張寶琴
社長兼總編輯／朱亞君
副總編輯／張純玲
資深編輯／丁慧瑋　編輯／林婕伃
美術主編／林慧雯
校對／張純玲・陳佩伶・林俶萍・崎雲
營銷部主任／林歆婕　業務專員／林裕翔　企劃專員／李祉萱
財務主任／歐素琪
出版者／寶瓶文化事業股份有限公司
地址／台北市110信義區基隆路一段180號8樓
電話／(02) 27494988　傳真／(02) 27495072
郵政劃撥／19446403　寶瓶文化事業股份有限公司
印刷廠／世和印製企業有限公司
總經銷／大和書報圖書股份有限公司　電話／(02) 89902588
地址／新北市五股工業區五工五路2號　傳真／(02) 22997900
E-mail／aquarius@udngroup.com

法律顧問／理律法律事務所陳長文律師、蔣大中律師
如有破損或裝訂錯誤，請寄回本公司更換
著作完成日期／二〇一九年十一月
初版一刷日期／二〇二〇年一月六日
ISBN／978-986-406-177-8
定價／三〇〇元

本書榮獲第三屆周夢蝶詩獎

AQUARIUS 寶瓶 文化事業

愛書人卡

感謝您熱心的為我們填寫，
對您的意見，我們會認真的加以參考，
希望寶瓶文化推出的每一本書，都能得到您的肯定與永遠的支持。

系列：island 295　**書名：諸天的眼淚**

1. 姓名：＿＿＿＿＿＿＿＿　性別：□男　□女
2. 生日：＿＿＿年＿＿＿月＿＿＿日
3. 教育程度：□大學以上　□大學　□專科　□高中、高職　□高中職以下
4. 職業：＿＿＿＿＿＿＿＿
5. 聯絡地址：＿＿＿＿＿＿＿＿＿＿＿＿＿＿＿＿

   聯絡電話：＿＿＿＿＿＿＿＿　手機：＿＿＿＿＿＿＿＿
6. E-mail信箱：＿＿＿＿＿＿＿＿＿＿＿＿＿＿

   □同意　□不同意　免費獲得寶瓶文化叢書訊息
7. 購買日期：＿＿＿　年＿＿＿　月＿＿＿日
8. 您得知本書的管道：□報紙／雜誌　□電視／電台　□親友介紹　□逛書店　□網路

   □傳單／海報　□廣告　□其他
9. 您在哪裡買到本書：□書店，店名＿＿＿＿＿＿　□劃撥　□現場活動　□贈書

   □網路購書，網站名稱：＿＿＿＿＿＿　□其他＿＿＿＿＿＿
10. 對本書的建議：（請填代號　1. 滿意　2. 尚可　3. 再改進，請提供意見）

    內容：＿＿＿＿＿＿＿＿＿＿＿＿

    封面：＿＿＿＿＿＿＿＿＿＿＿＿

    編排：＿＿＿＿＿＿＿＿＿＿＿＿

    其他：＿＿＿＿＿＿＿＿＿＿＿＿

    綜合意見：＿＿＿＿＿＿＿＿＿＿＿＿＿＿＿＿＿＿＿＿
11. 希望我們未來出版哪一類的書籍：＿＿＿＿＿＿＿＿＿＿＿＿＿＿

讓文字與書寫的聲音大鳴大放

寶瓶文化事業股份有限公司

（請沿此虛線剪下）

廣　告　回　函
北區郵政管理局登記
證北台字15345號
免貼郵票

寶瓶文化事業股份有限公司收

110台北市信義區基隆路一段180號8樓

8F,180 KEELUNG RD.,SEC.1,

TAIPEI.(110)TAIWAN R.O.C.

（請沿虛線對折後寄回，或傳真至02-27495072。謝謝）